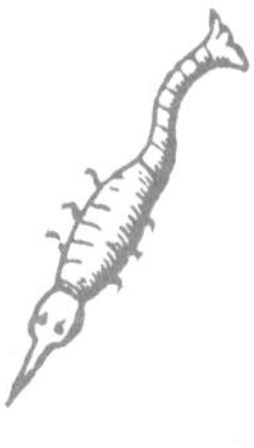

句集

天球儀

Tenkyugi

Sekito Kasuga

春日石疼

朔出版

石斧の眼力——序に代えて

春日石疼が「小熊座」に投句を始めたのは平成二十年三月号からである。投句三回目の五月号で雑詠「小熊座集」の巻頭を占めている。

雪しまき乳房かならず熱を持つ
薔薇まで硝子のごとく凍てし距離
いさぎよき雪の水際の吾にもあり

句集に収録されているのは「雪しまき」と「薔薇まで」の二句。当時は「薔薇まで」の句を佳作として取り上げた。新興俳句の影を色濃く曳く繊細で脆い感受世界である。今改めて読むと、三句目の「雪の水際」も上五の「いさぎよき」はともかく、作り手の内面を抉ってなかなか魅力的だ。

投句を初めて見たとき気になったのは「石疼」という俳号であった。石が疼くとは、ただごとではない。小夜の中山の夜泣き石は殺された孕み女の怨念が籠もって泣くようになった。今回、当人から伺ったことだが、石疼は、始めは「石笛」と表記したらしい。「いわぶえ」と読ませるつもりだった。死者と交感するときに吹く古代の笛である。音楽好きの著者らしい名付け方だ。天の磐笛という球形の石や土製の笛は日本各地で出土している。上端に穴を開け吹き鳴らす。ところが誰も「いわぶえ」とは読んでくれない。「せきとう」と呼ぶ。鬼房が「きぼう」と読まれたのと同じ伝だ。しばらくそれに従っていたが、後日、「笛」に「とう」の音がないのを知り、「痜」に替えたのだそうだ。辞典にあたって、たまたま出合って気に入っただけで、「痜」にとくに深い意味はないという。

石には古来、霊魂を鎮め浄化へ導く呪力があると信じられてきた。東北に多い環状列石などの巨石・磐座信仰はそうして生まれ継がれた。死を悲しみ歎き、はかない生命と滅んだ肉体の復活を石に託する他なかった人々の素朴な心の形だ。石が疼くのは、そうした無名の民に共振するがゆえなのではないか。福島ならば二本松の黒塚や飯舘の山津見神社奥の院の巨石。文知摺観音の文知摺石もその一つだろう。ここから先は私のかってな想像だが、著者をもって「とう」という音から「痜」を無意識に選び取らせたのは、春日石痜という人間の全細胞である。人の疼きを聞き、見て、触れ、悩み、その生に寄り添うという生き方を日常としてきた全細胞が、この字を選ばせたのだ。福島の巨石たちは、老い、病む人のためはもとより、その地に生きる無名の人々の支えとして、征夷の古代にあっても、源平の世も、明治維新の折も、八年前の放射能禍の時も、共に悲しみ、歎き、そして、疼いてきたのである。
それにしても石疼の眼の力には、なるほどと教えられる。初期の句からしてそうだ。透視力無尽。

囀は咽喉を見せ合ふ極みまで
青田風乳母車にも戦車にも
蟹すべて死にたる朝の金盥
ひとすぢの陰《ほと》さびしけれ峡の雪
ビル跡はビルに囲まれ虎落笛

小鳥の喉奥の隅々を、眼前にない戦車を、そして、亡骸となった蟹の昨日までの命を、その命を溢れさせた金盥の姿まで映し出す。さらには山峡のなだらかな雪に女体の清らかな陰部を、そのはかない命のあり方を見い出す。壊されて瓦礫となり、いずこへか消え去ったビルの姿をも網膜に彷彿とさせる。

夏の葬死者のみ生きてゐる如し
縞蛇の何故ここで死ぬ冬田道
病む人の音なく嚙んで黄水仙
若き死の爪先までも冬木の香
凍土より伸びて一樹の高さかな

「小熊座」入会以後の「未完の驟雨」から挙げてみたが、こうした句は、人の命を凝視する仕事に携わってきた者のみが言葉で掬い上げることができる世界だ。一句一句の解説は不要。その沈黙に耳を傾け、混沌へまなざしを向け、人間を含めた森羅万象と、そして、作者と息づかいを合わせればよい。

累々とある筈の死や虫の闇

羊水の記憶なけれど水母浮く
鳥の道空に見えねど葛の花
原発と野壺とありて草萌ゆる
きれいな歯見せて蛇の子死んでをり

俳句の言葉とは内なるもの、まずは自らの闇へと向かうものだと、これらの作品は教えてくれる。春日石疼の今後に期待する。

平成三十一年睦月二十八日

虹洞書房　高野ムツオ

句集　天球儀　目次

装丁　間村俊一

句集　天球儀

I　月光の檻

平成十年～二十年

七十四句

地雷踏むそのあとさきのうららけし
うすらひに光剝ぐ音ありにけり

恋猫の数だけ闇に吐息あり

霾や黒飴舌にもてあます

ままごとの父すぐ帰る桃の花

花が花を労りあひてシクラメン

鳥雲に地図から消えし生地の名
咲く前の桜匂へり朝の空

軽トラと四五人がゆく春祭

春の闇首泛きあがる神の馬

春景をもっとも抽象的に雲

生者には死者見え夜の風信子

春の星ウシウマ佇ちしまま滅ぶ

囀は咽喉を見せ合ふ極みまで

ひらひらと忘れて母は春の蝶

杖百本齢千年滝桜

吾に入り吾を出でゆく花吹雪

身に纏ひつくいちまいの春の闇

遠夜汽車われも真白き繭ならむ

矢車や音のさびしき棒の先

蛇いちご母の匂ひが父に似て

捻られるなら鉄線の捩れほど

さざなみの畦より生まれ畦に消ゆ

その先は大瀑布なり生命樹

飛ぶ夢をこのところ見ず蝸牛

陰陽石拝むどくだみ臭き指

梅雨寒や夜はマネキンの腕光る

夏至の夜手足生えるか竹箒

人動く方へ人ゆく蛍の夜

午後十時少年を追ふ夏の月

朝靄に傷痍兵佇つごとく百合

驟雨来て棒立ちの街孤島めく

手花火や身のうちの闇妻も負ふ

嘘の子の真顔を宥す青林檎

沢蟹を夜ごと苛める女の手

涼しさや青田の幅が風の幅

青田風乳母車にも戦車にも

蟹すべて死にたる朝の金盥

掬ぶとは祈りにも似て岩清水

水母群る月光の子を孕まんと

花火師の花火を終へし頰の肉

おほどかに地球廻して大夕焼

青あらし襤褸のごとく愛したし
脱ぎしもの畳む一室広島忌

穴無数遺し八月十五日

顳顬に夕かなかなの貼りつきぬ

掌に乗りさう吾娘と秋夕焼

手枕と耳とのあはひ蚯蚓鳴く

晩年は二十歳にも来む銀河の尾

死者がゐて椅子百脚に秋の風

倒れ伏す自由稲田にありにけり

天心へ横から這入る赤蜻蛉

宇宙より見し半分は虫の闇

花野踏む間も幼子に死は育つ

真夜中に覗かれてをり虫の襲

バンザイが国滅ぼさむ虫時雨

足裏冷ゆ女系家族の金屏風

わが死後も金木犀よ匂ふべし

赤白帽コスモスと無重力ごっこ

露草や犬を流れる犬時間

口中に髪一本の夜寒かな

触れる手に月光の檻天降り来ぬ

昭和史は昭和私史なり鯨鍋

ひとすぢの陰《ほと》さびしけれ峡の雪

霜月や魚のかたちに骨残す

死者と食ふ男ばかりの大根汁

ビル跡はビルに囲まれ虎落笛

冬籠まだあたたかき骨壺と

吾妻嶺は晴安達太良は雪煙

行く年や父の部屋から爪切る音

門出れば禿頭に満つ淑気かな

地下街をつなぐ地下街寒の入

作業員同士吹雪に何か叫ぶ

春を待つ二重瞼のアリクヒも

Ⅱ　未完の驟雨

平成二十年～二十六年

百十五句

平成二十年

雪しまき乳房かならず熱を持つ

薔薇まで硝子のごとく凍てし距離

春の雨まづくちびるを濡らしをり

皇軍や牡丹のごとき死馬の腹

萬緑の胞衣破り雲生れたる

鉄鎖匂ふ夕焼の国亡ぶとき

片蔭へナイフのごとく翻る

蟬の穴より晩年の空仰ぐ

いつか皆死ぬる安らぎ水中花

バッハ家の末裔にして馬鈴薯掘る

家鳴りや夜の曼珠沙華誰か折る

渡り鳥古代の音の残らざる

欲望の数だけ烏瓜真つ赤

枝すべて凍土指差す林檎の木

平成二十一年

紅梅のひかりの何処か老いてあり

身のうちの海匂ひ出す夕ざくら

牛魂碑馬魂碑並び合歓の雨

暮の田を海のごとくに烏蝶

押入れに秋風を嗅ぐ幼年期

カヒムラサキの貝のごとくに木槿散る

萬葉人は詠まず飛行機雲の秋

鶏頭の裏に廻れば見知らぬ家

蕪煮る夢に親しきキリル文字

首塚へ葱並びをる大和かな

平成二十二年

亡き人は今も快活春の虹

霾や地球の言語一つ消え

草萌や子供の匂ひにもいろいろ

人体図くるりと巻かれ木の芽時

陸を捨て陸を信じて鶴帰る

暖流に腕挿すごとく杉菜刈る

ああと言ひ逆光の薔薇剪られをり

次の世も小雨聴く世か昼寝覚

盲ひ人指先浸けて金魚飼ふ

声二つぶつかつてゐる滝の前

玉音を聴きたるといふ夏座敷

会葬の礼まつさきに暑さ詫ぶ

わだつみのこゝゑを恐れし父の夏

向日葵の首の太きが並びをり

生涯の友と言へねど水馬

ロック座の立看板の赤蜻蛉

老人の眼から禾出て豊の秋

百閒に欠けし一巻秋黴雨

母逝くを母に告げ得ず吾亦紅

柿の木の熊三頭中二頭射殺

枝高く鳥の巣現れて冬来る

寒木の立ちつくしたる空の罅

平成二十三年

あらたまの犬あらたまの土に糞り

深雪晴街いちまいに繋がりぬ

定住漂泊湯たんぽに注ぐ音太く

盛り場の裏の寺町沈丁花

米研げば光のなかを春の雪

きさらぎの鳥に見られて朝餉かな

東日本大震災　二句

人黙し地哭び春の雪激し

原発爆発映像医院待合冴返る

三月は無きが如くに終はりけり

オホイヌノフグリ濃くして巨き影

墓踏んでげんげ田踏んで墓の前

熔融の春また忘る百年後

我らみな老いの途中や額紫陽花

全能や蛞蝓どこにでも湧いて

夏の葬死者のみ生きてゐる如し

金蠅に平伏我らカインの裔

夕焼や哀しみの端持たさるる

人よりも秋津は古し千枚田

黒牛があらくさ食みて神の留守

月まではたやすき距離や日短

木枯が均す表土の重機痕

縞蛇の何故ここで死ぬ冬田道

荒星よ帰路どうしても飲みたき日

声なき吶喊探照灯へ雪しまく

若き日の冬銀河まだ連れ歩く

寒晴や活版が嚙む一行詩

平成二十四年

もの言はぬひと日や百の木の根開く

樹はかつて畏れられたり福島忌

ふらここや聞こえぬやうに厭戦歌

廃炉まで蛍いくたび死にかはる

一幹が世界支へる夏樹かな

女体とは違ふ静けさ蟻の道

黄落は海へ届かず鎮魂歌

朴落葉溝を百日動かざる

動くものをらぬ帰宅や冬燈

彷徨の母山茶花が道しるべ

両の手の悴みゐしか燃えゐしか

原発の是非まづ問へよ雪起し

切株の深き土中を想ひ冬

雫曳く精子のかたち冬の雨

平成二十五年

病む人の音なく噛んで黄水仙

若き死の爪先までも冬木の香

寒林に入る己が音聴くために

切株は土に還れず冬茜

節分や音まだ瞑き蝶番

うすらひは風を怖れる武満忌

屋根に咲く蒲公英空を眩しめり

紙飛行機折るは遅日を祈ること

初夏の暮色亡き犬の待つ時刻

夏座敷遺影のほかの貌知らず

馬の脚並ぶ大暑の高速路

凌霄花脈々と火を産み落とす

かの世などなくてこの世の蓮の花

防護服着て白桃は採れはせぬ

胸中にヴォータン宿し野分立つ

弥勒待つことすら忘れ秋の空

世界今朝生まれしばかり金木犀

白粉花父母より街のなつかしき

進化とは遺失のひとつ渡り鳥

レスラーは眉間から老い憂国忌

平成二十六年

初湯してふぐりの下がる朝かな

戦前の雪電線に電柱に

凍土より伸びて一樹の高さかな

枯山に破片が溶けて朝の虹

埋火や我らにミトコンドリア・イヴ

涅槃図はただささざ波の音ばかり

レーニンの晩年の問雪解川

ベトナム・カンボジア　二句

ハノイビール夫婦朝から家鴨となる

偉大なるものは未完の驟雨かな

Ⅲ　鳥の道

平成二十六年～三十年

百六十一句

平成二十六年

金蠅銀蠅今も頭上に焼跡派

シランクス吹くや乳房に夏来る

原子炉は売りに出さねど蛍売

殉教の地面より浮く素足かな

夭折のいまも涼しき目元して

ラムネ瓶振る隠沼に似たるひと

累々とある筈の死や虫の闇

ごはん粒ほどの地球にテロの秋

澄む秋の斯くも遺影と見つめ合ふ

水のごとき球体として椋鳥一群

世界とは無尽蔵なり黄落期

髑髏ほどひそと置くべし昼の月

国棄てよ国棄てるなと残る虫

人間は言葉より成り蔓擬

病窓の見える病窓芭蕉の忌

雲梯や摑み損ねし冬の雲

皇族は俳諧詠まず冬鷗

空からの大阪瓦礫めきて冬

梟の子として街へ寝息吐く

死後もまだ廃炉見つめん冬星座

古暦身ほとりはほぼ塵芥

死語いつかわが腑に澱み雪蕭々

平成二十七年

父亡き冬欅の瘤に問はれをり

海へ入る炉心過りし寒の水

歳時記に亡き人ばかり虎落笛

一村は同じ命日春時雨

少年に春月を待つ闇のあり

虫偏は百万種あり春の夜

伸び伸びともし人類が土筆なら

空広き津波慰霊碑きぎす啼く

風無き日桜は永遠に咲くつもり

花冷えの花の夕暮症候群

近づけば人語聞こゆる夜の桜

毛虫焼く煙見てより変声期

蜜豆や詩の始まりは指にあり

やませ吹く鋼となりて眠る背に

一呼吸ごとに鮮し黴の花

凌霄花空気に沈むごとく落つ

点されし原子炉煮ゆる泥鰌鍋

縛られし荷風全集西日濃し

稲雀散って日暮れの万華鏡

踵から鼻孔へ抜ける秋の風

冬瓜やギリシャの神は妻恐れ

踊る手のかへす手首が死者生者

殺戮も愛撫も無言柘榴の実

胎児まだ勾玉に似て星月夜

鶏頭のその幻影がどうしても

鰯雲神説き給ふ拡声器

ホルン吹く爪艶やかに冬立つ日

やでやんかやねんそやそやおでん酒

甘噛みに任せ小春のたなごころ
背を押さる丸太のごとき北風に

湯たんぽや地上に戦なきごとし

平成二十八年

寒卵宇宙は素数満ち満ちて

狼でありし記憶か深山恋ふ

伊弉諾が濡らす石段冬の雨

春疾風マクベスを読む枕上

黙禱の眼に滔々と春大河

放射性土筆と歩むほかになし

風光るわが反骨の尾骶骨

草朧カラシニコフよりギター抱け

未踏なり白木蓮の花の中

記憶とは一代限り柳絮飛ぶ

死者の名の五十音順花の冷

行く春の記憶なりけり鳥の糞

浪江・飯舘　三句

穢されし夏野そこにも地縛の子

草茂る被曝と知らぬ被曝牛

蠅叩その音絶えし五年かな

切株に蜜滲み出て五月来る

漱石に大食ひの頃花南瓜

父の日の厠の棚に貘詩集

永遠に廻る星座と鯖二貫

生きてゐる限りいづこも水見舞

錘球へまつすぐな糸今日は夏至

湯浴みして魔羅振歩く夏座敷

団塊に半周遅れ冷し酒

濡れてゐる肉がいのちと海鞘を嚙む

餓鬼亡者改札を出て夕焼へ

たかが百四十億年星流る
夢後とは陰の奥なる良夜かな

人間に戦時と平時蛇穴に

赤蜻蛉ほどに集まる魂の数

幼霊のひとり綾とり秋の浜

われわれの旗は白地に後の月

鶏頭の倒るる響きこの国に
打たれ強き月下の釘の頭なり

硝子瓶粉々に割れ色鳥来

胞衣被り眠り落ちたき十三夜

ヴィーナスの固き乳房よ秋気澄む

凩に揺れ地震に揺れ晩御飯

寒昴バッハに失せし受難曲

十六の母の眉根と開戦日

原発は消えぬ点景冬青空

寒鮃たりと尾鰭の遺る皿

靴音の千代に八千代に凍土《ツンドラ》に

歳晩や歯車にわづかなる隙間

昭和から積る郵便箱の雪

わじるしや斜交ひに入る置炬燵

天球に逃げ処なし冬すみれ

平成二十九年

ヒト科ヒト属滅ぶ朝の福寿草

寒の水喉を通り骨髄へ

風花の一片の先づ汚染土へ

遠吠えの狼の眼に火の記憶

糠床の蓋ずれてをり建国日

終末時計雪解雫が雪穿つ

虚子の忌をかのラフレシア開きけり

阿弖流為の首おんおんと桜満つ

生欠伸これが最後の落花なり

夏空を嗅ぐため儒艮浮きにけり

伊勢・高野行　四句

荒御魂太き根方に羽蟻噴く

屎尿反吐より神の生れ青葉風

神の馬来る薫風の暗がりを

千年後崩れる伽藍青時雨

脱原発デモ夏蝶が横切りぬ

さらば友よ小窓の中も暑からう

白南風や今日は死者棲む未来より

膕を夜気に晒せり走馬燈

ペリリューと刻まれし墓碑あぶら照

羊水の記憶なければど水母浮く

悼　坂本豊

一句集遺さずもよし虹消ゆる

流星のたび骨壺の揺るるとか

黙禱の口閉ぢてをり原爆忌

水底へ帰る蜻蛉とあかね雲
鳥の道空に見えねど葛の花

悼　益永孝元

またの世も花野を翔けよズック靴

廃墟東京に遺したきものの秋の空

海溝の闇へ真闇へ鯨の尾

綾とりの真ん中にあり冬の鼻

大噓われは銀河の一欠片

冬木立匂ふ書店のドア押せば

己が影得て雪嶺の容なす

平成三十年

堆く土竜が残す初景色

抗へぬ死あり霜夜の肉桂の香

長城は海へ果てたり鶴の空

寒き月わが立つ星の端映す
石刃で截ちし臍の緒吹雪くなり

冬眠を覚めて穢れし土の上
宇宙にも誕生日ありクロッカス

原発と野壺とありて草萌ゆる

春星と未だ呼べずや被曝の地

歳時記の「三月」震災以前より

蘆の角原発からの風今も

陽炎の母臍の緒と骨遺す
連翹や踠く地霊の声あまた

生ハムの箸にまとはる春の暮

潦の中にも国家朝ざくら

球根植う今も火星に大砂塵

きれいな歯見せて蛇の子死んでをり

滴りや宇宙膨張して止まず

蟾蜍這ふ宿酔の前頭葉

あぢさゐの駅の名思ひ出せずゐる
旱空舌も目玉も脳味噌も

不知火海《しらぬゐ》に声あるならば夜の蟬

獄死者にわれと似たる句雷しきり

臍の緒を辿ればははのうすものへ

空蟬に土の匂ひと土の色

９・１１かの日一羽の啄木鳥《けら》たりし
鶏頭の赤らむまぎは亡ぶ国

穴に入り夜陰をからみ合ふか蛇

遠ざかる虫売のごと逝き給ふ

一宇宙一生命体虫の闇

句集　天球儀　畢

あとがき

句集『天球儀』は、六十五歳の定年退職を機に、これまでの二十年余の俳句作品から三百五十句をまとめたものである。

全体は三つの部分からなっている。「月光の檻」は福島の超結社「曠野」での初学の頃の作品。「未完の驟雨」は「小熊座」に入会し、高野ムツオ主宰の選を受け始めてからの作品。「鳥の道」は福島県在住者の小熊座句会「翅の会」で高野先生に直接ご指導を受けてから平成三十年秋までの作品。どの章にも、句集にまとめるにあたり手を入れたものが混じっている。

振り返り、自分で納得できる作品が少なく忸怩たる思いになる。どうも私には「モノ」よりは「コト」で物事を見てしまう傾向があるようで、俳句を作るにあまりふさわしい資質ではないようだ。さらに自らの詩才の貧しさと発想の平凡を感じないわけにはいかなかった。それでもまれに思いに適った言葉を天から授かることがある。その時は胸に地平線が広がっていくような喜びと充足感が湧き、力づけられた。それゆえ今日まで、俳句に繋がってきたといえそうだ。

句集名『天球儀』は集中の「天球に逃げ処なし冬すみれ」から得た。天球には遠くの星の光も近い星の光も、等しい距離感で投影されている。伸び縮みする時空間が凝集されているのだ。そして天球儀の星たちを私たちは外から神の視座で見る。しかし、それは実は地上に立つ人間が内側から見たものを裏返しにしたものだ。そのパラドキシカルな統合性を俳句という器で、いつの日か表現したいとも念じている。『天球儀』の名にその思いを託した。

ご多忙のなか高野ムツオ先生には、句集を上梓するにあたって丁寧なご指導をいただいた上、「序」のお言葉を頂戴した。心から御礼を申し上げる。先生との出会いがなければ、俳句を続けて来られたかどうか。同県人・同世代のよしみで何かと気にかけてくださる永瀬十悟さん、「小熊座」で懇意になった武良竜彦さんには、「栞」に過分のお言葉をいただいた。お二人の友情にも深謝したい。

大阪に生まれ、見知らぬ福島に来て以来の四十年近くを励まし支え続けてくれた地域の皆さん、診療所利用者の皆さん、職員の皆さんにお礼申し上げる。この句集は皆さんに捧げたいと思う。定年に達したとは言え、これからも当分は医業にいそしむことになる。俳句との付き合いも増していくだろう。これまで同様私らしく在り続けることが、お世話になった皆さんへのご恩返しになることだと思っている。

最後に私のわがままをいつも優しく見守ってくれる妻・祥子、三人の子供たち、悠子・行識・知恕にもありがとうと伝えたい。素晴らしい装丁をしてくださった間村俊一さん、出版を支えていただいた朔出版の鈴木忍さんに厚く御礼申し上げる。

平成三十一年　春

春日石疼

著者略歴

春日石疼（かすが　せきとう）　　本名　良之

昭和 29 年　大阪市生まれ
昭和 57 年　福島市へ転居
平成 13 年　「鬼の団欒」（50 句）にて福島県文学賞奨励賞受賞
平成 14 年　曠野賞受賞
平成 24 年　「樹」（50 句）にて福島県文学賞正賞受賞
平成 25 年　「小熊座」同人
平成 26 年　「小熊座」福島句会「翅の会」代表世話人
　　　　　　現代俳句協会会員

現住所　〒 960-8164　福島県福島市八木田字神明 13-8
Email　harunohi@d9.dion.ne.jp

句集　天球儀　てんきゅうぎ
小熊座叢書第107篇

2019年3月31日　初版発行

著　者　　春日石疼

発行者　　鈴木　忍

発行所　　株式会社 朔《さく》出版
郵便番号173-0021
東京都板橋区弥生町49-12-501
電話　03-5926-4386
振替　00140-0-673315
https://www.saku-shuppan.com/
E-mail　info@saku-pub.com

印刷製本　中央精版印刷株式会社

ISBN978-4-908978-22-7　C0092